합자론合字論

합자론合字論

차주일 시집

포지션

시인의 말

말이 태어나는 자세를 찾을 수 있을까?
실패를 확인하려고 일생을 산다.

2023년 여름
차주일

차례

제1부

제2부

제3부

제4부

1부

3D 프린터

바람이 사물에 부딪힌다.

바람 소리가 사물의 모양을 외우며 날아간다.

가명을 가진 바람은 호수를 방문한다.

바람이 옮겨온 가명을 부려놓으면
청사진처럼 출렁거리는 수면,

인공이 자연으로 허락되고
가명이 본명으로 형상되고 있다.

호수가 본명을 가진 것들의 첫걸음을 허락한다.

여명이 석양이란 본명을 갖는 시간
한 짐승이 제 모양을 흘려보내는 그림자를 외운다.

짐승의 입술이 사람의 목소리를 불기 시작한다.

본능이 감정으로 허락되고 있다.

몇몇 감정은 사람에 도착하여
내면에서 출렁거릴 것이다.

#이 걸려 있는 눈동자

표기 불가능한 음높이가 있어.
웃다가 벅차올라 자신도 모르게 울어버리는

의미만 남고 음절이 사라져 버리는 무형.

목소리에 없던 음역을 소리 내본 적 있니?
일생보다 더 길게 살아남는 감정을

짐승이 처음으로 인기척을 낼 때
늑골 한쪽에 거처하기 시작한 붉음.

이때부터 사랑의 미완성을 연주하게 되었지.
끝없이 고쳐 부르며

이제껏 부르던 음을 반음 높게 부르면
이제껏 없던 새로운 목소리가 생겨나는

체온보다 뜨거워진 표정이 궁금해
강물에 얼굴 비춰본 적 있니?

급류에도 떠내려가지 않아 사람의 기준이 된 얼굴.

타인의 눈동자 속 네 얼굴과 마주 본 적 있니?

네 얼굴을 반올림표로 걸어둔 그 사람이
네 잔잔한 감정을 치닫게 연주하고 있었어.

너는 네 눈동자에 든 그의 얼굴을 어떻게 했니?

감정
―살아남은 사람

벽 앞에 사람을 세우고 전등을 켜네.
일 할쯤 큰 그림자가 생겨나네.
그는 왜 옮기려 했을까?
움직임과 고착의 거리가
사람보다 어두운 기호 문文자로 서 있네.
네발짐승이 갑골甲骨에서 기호 두 발로 섰을 때
두 팔은 사람이 처음 창조한 상상이었네.
몸 밖을 더듬는 형식이 상상임을 알아차리고
두 팔을 상상 밖으로 펼쳤을 때
뜻이 생겨나기 시작했네.
자세를 밝혀보는 문명文明이 생겨나고
상형과 표음의 거리를 기록하던 사람은
마지막 자세를 고민했네.
몸이 그림자에 누워 같은 크기가 되면
두 팔은 주검을 더듬어 목소리를 버렸네.
그는 왜 목소리를 밖이라 생각했을까?
이생에서 후생의 거리가 해독되고 있었네.

얼굴에 도착한 표정이

얼굴보다 일 할쯤 밝아져 있었네.

늦게 썩는 글씨

—주먹

다섯 겹 동심원으로 돌돌 말린

붓글씨 한 점 발견했다.

마딘 허리띠를 풀고 원삼처럼 펼치니

새색시 같은 음훈 비천처럼 날아가고

잘 휜 궁서체에서 노파 한 분 걸어 나가신다.

시신이 흙으로 돌아가듯 먹빛 엷어진 글씨 속에서

힘주어 누르고 뒤돌아보듯 멈춘 붓 자리들

늦게 썩는 뼈대처럼 돌올하시다.

열매가 과육을 썩혀 비로소 씨앗을 남기듯

진심을 눈물로 본떠 기도문으로 옮긴 압점들

별자리 같기도 하고

흩어져 사는 자식들 거처 같기도 하다.

농염을 잃어 알아볼 수 없는 모성성 암호들

끝내 발굴하게 하는 까닭 무얼까?

밥상에 종지 놓는 자세로 굽히니 보인다.

소리 내서 읽을 수 없던 어머니의 뒷모습,

눈물인지 땀인지 모르도록

합장 펼쳐 얼굴 덮던 자세를 묵독한다.

앞모습을 지우고 뒷모습으로만 기억하게 하는 자세

뒤표지를 앞표지로 덮어 놓은 다 읽힌 책 같다.

제목 없는 뒷모습이 사람의 총서라고

발설할 수밖에 없는 먹먹함은 어둠만이 간수하나 보다.

눈감아야 엿보이는 점자들을 더듬는다.

비스듬히 서야 바로 선 붓처럼

기울여 바로 세운 검지로 엷어진 획을 복원한다.

어머니가 눈물 떨궈 퍼뜨린 정화수의 동심원들

습자지에 먹물 퍼지듯 건너온다.

오방색 체온을 쥔다.

다섯 손가락의 동심원을 주먹이라 적는다.

유채색 파동을 견디는 무채색을 악력이라 눌러쓴다.

경험
—리얼리티

하루를 축음기 바늘로 빌린다. 마지막 하루를 심장에 올려놓고 나를 듣는다. 잡음이 주인공이 되는 시간, 나에게 녹음된 오욕칠정을 다 듣고 나니 한마디 생각이 입속에 남는다. 사자성어 같은 "지나 보니"란 생각은 그야말로 "지나 보니 알겠더라"는 한탄. 무얼 수행한 것도 아닌데, 경구를 외고 법문을 풀고 성서를 베낀 것도, 철학서나 사상서를 탐독한 것도 아닌데, 그저 삶과 사람들과 부대끼며 지난 것에 불과한데, 마지막 하루로 나를 들으니 뚜렷한 깨달음을 얻은 선승이 된 것 같다. 지나 보니, 지나 보니, 지나 보니… 생각을 혼잣말로 옮기다 보니 내가 나에게 귀의한다. 나에게 돌아온 나를 안아주는 이 느낌은 일상이 수행이라는 경구. 일상을 허투루 여기면 나는 내 밖으로 떠돌기만 할 것이다. 지나 보니, 지나 보니, 지나 보니… 고인 말을 풀어 준다. 생각이 앞서가고 걸음이 뒤따라간다. 내 마지막 걸음을 내 안으로 옮겨 딛기 위해 일생을 산다. 내 안은 신이 입장할 수 없는 성역이므로 실패를 확인하기 위해 산 인생은 실패가 아니다

고함

통나무에서 갈라질 때 새로운 명사로 태어나는 장작
쩍! 이란 불꽃에 이미 점화되어 있지요.
그저 쌓여 있는 한겨울 장작더미를 보며
따듯한 느낌 든 적 있다면,
이미 한 번쯤 갈라져 본 적 있는 사람이지요.
다른 말 앞에 붙어 그 뜻을 분명하게 하는 부사
;이미는 주격이에요.
부사가 통제할 수 없는 주격임을 의심한다면
입술이 아궁이를 닮은 적 없었기 때문이죠.
불길은 토설이에요.
당신이 아궁이 구조로 쩍! 입을 벌렸을 때
입속에 마구 쌓여 있는 자모음에
이미 점화되어 타오르는 감정을 보았어요.
무규칙 구조에서는 하나의 주격이 여러 캐릭터를 고민하죠.
명확한 말이 앞뒤가 맞지 않고 어설픈 것은
당신이 감정을 화자로 선택한 까닭이에요.

고함치는 동안 당신은 다른 사람으로 명명될 거예요.
당신에게서 분리된 감정이 새로운 이름을 가졌네요.
고함이란 감정을 이성보다 크게 양육하는 일이에요.
우리는 이성보다도 뜨거운 감정에 감사해야 해요.
이성을 제압하는 감정이 없었다면
언어와 문화가 다른 인종들의 수많은 혁명에
어찌 공분할 수 있겠어요.
달력 속 혁명일 활자가 더 크게 보이나요?
혁명일이 모든 나날을 들여다볼 수 있는 볼록렌즈이기 때문이죠.
숫자로 표시할 수밖에 없는 감정이 있죠.
본성에 이끌려 떠도는 방랑자를, 어찌
이미 존재하는 문어체로 기록할 수 있었겠어요.
감정보다 큰 침묵은
흔적도 남기지 않는 구어체로 명명할 수밖에요.
이것은 당신이 적어보려고 수없이 되뇌던 감정이지만
이미 내가 알아들은 말이기도 하지요.

이제 내 침묵도 해석되었군요.

나라는 이인칭
—흔들리다

홀로에 도착하고 싶어
길마저 사라지는 길을 찾아 걷다
무명화無名花는 길 너머에서 핀다는 걸 안다.

사람의 도착 한 걸음 너머에서
제 이름까지 버려버린 꽃을 볼 때
무표정이 사람의 홀로란 걸 안다.

수많은 자문에 대한 유일한 자답; 혼잣말은
내가 내 바깥에 도착했다는 노정.

"네가 누구냐?"
자신을 이인칭으로 부를 때가 있다.

내게 호명된 무표정이
내게로 돌아와 내 이름을 갖게 된다면
이름은 표정을 찾아가는 발걸음이 될까.

꽃은 사후에야 이인칭이 된다.
일인칭이 궁금해 향기와 씨방을 버리고
무표정을 얻는다.

사람에게
생각 밖으로 표정을 버려버리게 한
꽃은 흔들릴 때만 바로 보인다.

일인칭으로 돌아가고자 하는 꽃이
제자리에서 이동하고 있다.

나에게로 도착하는 홀로가 나이다.

합자론合字論

포옹이 풍습으로 떠돌기 전

동물의 자세로 사람을 궁리하던 그가
직립으로 두 손을 만들어 이성의 얼굴을 만졌다네.

이성의 표정을 가져와 제 얼굴을 꾸리고
이성의 체온으로 제 감탄사를 만들었다네.

이목구비가 뒤섞인 낯선 얼굴이 제 목소리를 냈으므로
포옹은 최초의 상형문자가 되었다네.

동물의 자세에 사람의 목소리를 합한 불완전이
수많은 기호로 옮겨졌다네.

불완전을 완전으로 오독하게 하려고,
상형문자를 표의문자 되게 하려고,
목탄과 붓을 만들어 뜻을 기록한 사람이 있었네.

찍고, 누르고, 머물고, 내긋고, 삐치고, 뻗고
뜻이 태도가 될 때마다 사람의 목소리가 늘어났다네.

기호가 자세를 구분하고
목소리가 문화를 구분하였지만,

아직도 뜻이 없이 통용되는 인류 공통 감탄사가 있어
뜻의 동의어 체온이 인종을 오간다네.

이것은 목소리를 부수部首 삼아
새로운 자세를 이루라는 첫 사람의 전언이 아닐까?

동물의 자세를 부수 삼았던 첫 사람은
목소리를 부수 삼는 내 자세를 지켜보고 있을 것이네.

나는 가끔 낯선 목소리를 내느라

나를 안고 있는 나를 발견하곤 하네.
첫 사람으로부터 건너온 체온을 끊임없이 배열하는

대한극장

밑그림으로 그려 놓았던 어릴 적 꿈을 만나러 간다.
미완성이어서 온전한 꿈은 스크린 속에 살아남아 있다.
반세기 전, 꿈과 나는 서로 마주하던 동의어여서
꿈과 나 사이에서 굴러다니는 크레파스로
얼굴을 칠할 수 있다고 믿었지만,
한 줄기 빛으로 모든 색깔을 섞을 수 있음을 처음 알고
4B연필로 판화처럼 눌러 그려놓은 앳된 얼굴.
벤허의 마차는 아직도 얼굴의 외곽선을 질주하고
입술선은 사운드 오브 뮤직의 도레미송을 부르고 있다.
꿈이 오늘보다 빠른 내일에 먼저 도착해 있듯,
총천연색으로 얼굴을 채색하여 꿈을 이루려는
나보다 먼저 도착한 나를 만난다.
꿈이란 얼굴을 그리는 게 아니야,
꿈이란 영혼을 그리는 거야, 라며 개종할 때
내가 방치한 내 얼굴, 관객의 거리를 두고서 대면하면
몽당연필로도 닿지 않는 꿈이 있음을 알게 된다.
왜 얼굴만 그리는 꿈이었을까? 자문하면,

얼굴을 빼곤 모두 색깔을 바꾸고 있었다.
매일매일 색깔을 갈아입는 것이
꿈을 이루는 것이라고 자답하고 있었다.
꿈을 이루지 못한 이유를 알게 된 나이에
밑그림 그대로인 어린 얼굴을 마주 본다는 것은
생전에 사후를 미리 기록하는 일이어서
맥박이 다른 사람의 빠르기로 바뀌는 것을 묵인한다.
이것은 앳된 얼굴을 나의 진본으로 확정하는 일이므로
내 꿈은 영영 색깔을 가질 수 없을 것이지만,
영혼 되어 얼굴마저도 지워진 나는
내 얼굴이 궁금해 스크린에 다시 등장할 것이다.
영혼은 밑그림 얼굴과 인구에 회자되는 얼굴을
정표처럼 맞춰보곤 할 것이다. 그때
영혼은 생전의 마지막 생각을 첫 대사로 말할 것이다.
'앳된 얼굴대로 사는 것이 꿈을 이룬 것이다.'
가끔, 멀쩡하던 필름이 끊기거나
무성영화처럼 색깔을 잃는 틈이 있을 것이다

빛으로 만든 이 어두운 틈은 침 묻힌 몽당연필로
눌러 그려야만 닿을 수 있는 진심의 깊이일 것이다.

라디오를 놓아두는 법

살다 보면 유독 소중히 여기는 증거물이 있네.
이런 부작용에는 음양이 연결되어 있다네.
방전 없는 부사어 “이미”는
이성과 감성을 모두 소진하여 멈출 수 없다네.
느낌을 생각으로
생각을 걸음으로
걸음을 멈춤에까지 연결하여
끝내 추억만 발설하게 했던
;이미.
첫사랑은 장식장 위에 올려져 있네.
과거의 부품이 되어 주파수 복잡한 패배에
별자리처럼 많은 납땜이 찍혀 있어
첫사랑은 안테나 한 번 접지 못하는 형벌이었네.
이미와 아직 사이에는 수리공이 없어
눈 잘 띄는 곳에 진행형을 올려두었네.
증거물을 버리면 진심마저 방전된다는 것 알면서
이력에 쓸 수 없는 약력을 모셔 왔다네.

진심이 이미를 신봉하기에
아직 더듬더듬 잡음을 되뇌며 살아야 하네.
끊어진 회로기판을 들여다보는 자세로
왼손에는 납선을 들고
오른손에는 납땜기를 들고
긴 인연을 점으로 녹여 끊으며 절연을 잇네.
구할 수 없는 부품 자리에 내가 끼워져 있네.

만다라

농담濃淡을 수명으로 고집하는 잔뿌리들

물길을 펜 채 꽃망울을 수놓네.

물을 섞어 조색하는 꽃잎을 보고

흙의 장력에 길이를 끊는 잔뿌리를 보고

다년생 뿌리가 단년생 꽃잎을 수놓는다는 것을 알겠네.

바깥을 둘러싼 무서리가 꽃잎의 색깔을 외우고 녹는 까닭을 알겠네.

시드는 시간을

한순간을 고르는 일생을

만다라의 형식이라 말해야겠네.

탑돌이 안에서 석불이 풍화되듯

달무리에 든 달이 이울듯

다문 입속에서 혼잣말이 시들고 있네.

서둘러, 나 밖에 생각을 떠돌게 하네.

나가 나를 외우고 있네.

일생 시들어야 사후에 도착하는 것을

한순간이라 부르겠네.

멈춤의 요동

아기 부처를 씻으면 영혼을 정화할 수 있다는 관욕,
멈춰 서서 소낙비에 젖어 보니 그 말도 맞다.

사람은 제 위에 둔 상징에 물을 부어 나를 씻는데
자연은 제 낳은 물로 자연을 더럽힌다.

사람을 자연으로 여기는 평형은 이름을 갖지 않았으나
자연이 자연을 동격으로 대하듯 나가 나를 대하려면
불현듯 만나는 비를 피하지 않을 의무가 있겠다.

불현듯 멈춰 비에 예를 갖추게 되는 곳이 제자리이다.

물이 성스러운 것은 모든 형상에게
같은 높이로 젖는 아래를 제자리로 찾아주기 때문,
사람은 이 평형을 제자리로 삼아야만 한다.

위에서 제자리를 찾으려는 사람만 떠돌고 있다.

위에서 제자리를 찾으려는 사람만 종교를 갖고 있다.

빗물로 제 몸을 씻은 석불이 제자리에 들어 있다.
태아처럼 그림자를 뒤틀며 제자리를 비우고 있다.
제자리를 제 몸에 다 부으면
석불은 때와 이끼로 제 몸을 덮어 감출 것이다.

제자리를 다 비우고 아래위에 서 있는 형상은
일생 동안 자문자답한다.

자문자답은 나가 나를 더럽히는 선문답,
아래는 어떻게 생겨나 어디로 사라지는가?
아래에서 젖어 본 형상은 왜 자연으로 돌아가는가?

멈춤은 제자리를 비우려고 요동치는 중이다.

무덤의 을모

수많은 요철을 밟고 걸었다. 요철은 지문처럼 닮아있지만 같은 게 하나도 없다. 수많은 다른 느낌을 몸으로 받아 정신으로 들이며 걷다 보니, 평지 또한 요철의 문장임을 인정하게 된다. 평지라고 알며 걸었던 고개와 언덕은 평지였으며, 고개와 언덕으로 알고 걸었던 평지 또한 고개와 언덕이었다. 내려가기 위해 오르막을 만들고 오르기 위해 내리막을 만든 대지의 문장구조 속에서 삼라만상이 어찌 저만의 의미로 흔들리지 않을 수 있겠는가. 흔들리는 물결 옆에 씨앗을 놓아 수직으로 발아한 싹이라지만, 평생 흔들리다가 흔들리는 형상 하나를 사후로 눕혀놓는다. 나는 타자의 사후를 먹고 타자의 흔들림대로 타자와 소통하다가 나 또한 흔들리는 자세로 쓰러질 뿐이다. 나의 마지막 자세를 무엇이라 읽을지 궁금해 구천을 떠돌겠지만, 누군가 내 마지막 자세를 읽어버리면 내가 주체 못 하던 내 영혼도 영면으로 돌아갈 것이다. 나는 내일, 한 여자의 마지막 자세를 읽으려 한다. 경전을 펼치듯 무덤의 을모를 헛이 쓰다듬어 댈 것이다. 그곳이 무덤의 등일 것이다. 전생을 읽혀버린 무덤 또한 흔들리는 형상으로 기울어 갈 것이다. 방치된 고서처럼 펼침이라는 마지막 자세로 낡아 대지로 돌아갈 것이다. 무덤에서 요철을 구분할 수 없을 때면, 나 역시 반듯했던 자세를 모로 굽혀 마지막 자세로 삼을 것이다. 누군가 내 등을 짚고 내 뒷모습을 한 문장쯤 읽고 갈 것이다.

문화文化

환청은 제자리에 멈춰 서게 하는 방향.
몸은 그대로 앞쪽에 있는데
고개 돌려 얼굴을 뒷모습에 두게 한다.
이게 사후에서 생전을 보는 자세는 아닐까.
이목구비를 잃고 고꾸라진
잡꽃이 이름을 갖지 못한 것은
무명용사의 목비를 몸으로 삼았기 때문.
단년생이 다년생으로 죽는 것은
사후로 옮기려는 단 하나의 사연 때문.
전투복 속에서 백골로 동여맨 맨얼굴
사후의 기억이 될 수 있을까.
백골이 그림자를 뺀어 사후를 더듬고 있다.
퍼즐 조각처럼 흩어진 꽃잎 다 집어다 맞추면
분내로 그린 첫날밤 얼굴이 보일까.
흩어진 꽃잎마다 그림자의 지문이 묻어 있다.

2부

밥상의 자세

가장 많이 내려다본 아래가

성스럽도록 우러러보일 때,

이제 돌아가야 할 자세 하나 고르라는 전언 아닐까.

밥상은 한순간의 허기를 위해

일생과 목숨을 바친 번제물의 마지막 자세.

밥을 먹는 자여,

생명에서 떡잎을 떼어 버리는 것

기도하는 합장을 해제시킨 것이다.

떡잎 색깔이 먼저 변하는 것은

돌아가는 자세에 대한 음훈이 아닐까.

타자의 목숨을 내려다보는 아래에 두었던가.

서둘러 마지막 자세의 일대기를 게송하자.

모든 자세를 버리고 오로지 선택한

돌아가는 자세를 상형문자로 읽으면

주검은 속뜻을 건네준다.

형용사로 표현하지 못하는 손에서

감탄사로 표현하지 못하는 목숨이 긴다.

타자의 목숨으로 한 끼를 차리는 자여,
밥상을 제단이라 부르자.
상형象形이 형상形像되어 소리와 뜻을 갖는 것처럼
마지막 자세를 고르자.
산 자가 내 주검 위에 상을 차리고 있다.
양 손바닥을 배 위에 올려놓고 죽은 자세는
내 끼니로 돌아간 목숨의 떡잎 되라는 뜻이다.

보리쌀 합장

살아서 당신의 사후를 살아보는 엄마를,

양 손바닥 맞닿던 합장에 틈 벌어진 엄마를

치매 요양 시설로 운구했다.

치매는 시인의 언어로도 표현할 수 없는 슬픔이지만

죽은 제갈량이 산 중달을 쫓듯

산 자들의 슬픔을 좌지우지하는 힘을 가졌다.

성인들 경구에도 끄떡 않던 내 감정이 요동치는 걸 보면

치매 언어는 가장 영험한 말씀이다.

내 어릴 적 말씀하곤 했다.

"내 머릿속에 벌거지 한 마리 기어다니나 보다"

뇌수술을 여러 차례 받고도

개종하여 성령을 만났다 하면서도

끝내 자신이 누군지도 알아내지 못한 엄마

아들을 낯선 손님으로 알고

밥 드셨느냐 여쭈며 상차림 하려 몸을 일으킨다.

아들까지 지우게 한 치매도 좌지우지 못 하는 게

엄마와 밥; 숙명 관계란 걸 알게 되면
살아 있는 당신을 주검으로 독해하고
당신의 사후를 미리 노래하지 않을 수 없게 된다.
숙명을 노래하기 위해 주검처럼 누워본다.
밥이 가로지르는 입과 항문의 거리가 한 말씀으로 느껴질 때
쌀벌레 한 마리 눈에 띈 건 우연일까.
이 쌀벌레가 엄마가 말씀하신 그 벌거지 같아
차마 해치지 못하는데
태연히 눈동자를 가로지른 쌀벌레 종무소식이고
밥 생각에 싱크대를 연다.
쌀 봉지 속에 쌀벌레 바글바글하다.
뇌 구조를 본뜬 보리쌀이 멀쩡한 까닭 또한
내가 생각해야만 하는 노래여서
보리쌀을 이 등분한 한 행을 오래도록 독해한다.
이제 보리쌀 앞에서 읊조리던 비손을 흉내 낼 땐가 보다.

엄마가 잃어버린 합장을 수습한다.
보리쌀이 모신 한 행이 내 양 손바닥에 쥐어져 있다.
보리쌀 합장은 손으로 생각하며 살라는 전언 같다.

불통

치매에 피정하여 감정이 제거된 목소리를 듣고 나면, 꼭 며칠 지나서야 회한이 몰려온다. 살아서 제 삶을 생략한 죗값에 살아서 제 후생을 사는 사람으로부터 발송된 이 기분은 가장 먼저 얼어 가장 늦게 녹아 가장 먼저 축축하여 가장 먼저 새싹을 틔우는 한곳 같다. 나는 가장 오래 딱딱하여 가장 오래 무른 한곳을 기르는 사람이거나 생략으로 생존하는 한곳을 살아내서 운명의 뜻을 알아내야만 하는 의무인 것 같다. 이런 날은 깨나는 싹의 유채색보다는 무채색으로 썩은 씨앗의 통증을 이해하는 듯하다. 늦게 도착하는 목소리는 통증의 억양으로 내 몸속을 떠돌지만, 기도문처럼 내 마음에 이르지 못한다. 마음이 일생보다도 멀어 사람은 떠돈다. 도착하지 않은 목소리를 불러오기 위해 가장 원통한 지칭을 찾아 외칠 때가 있지만, 사람의 발음기호로 부를 수 없는 호칭이 있어 나는 운명의 뜻을 적지 못한다.

보이는 느낌

허기가 들었다. 입에서 항문까지 관통하는 느낌이었다. 국수를 삶았다. 엄지와 검지로 만든 원만큼이었다. 누구 명령 같은데 자연스러운 수행이었다. 엄지와 검지로 만든 원은 누구도 일러주지 않은 계량 단위였다. 냄비에서 끓는 국수는 우듬지를 가진 나뭇가지처럼, 머리를 가진 정충처럼 사방팔방을 실험했다. 국수를 먹은 뒤 자지에서 느낌이 생겨났다. 분명 온몸을 장악하는 복잡한 느낌인데, 묵은 가지에서 새 가지가 뻗는 행위처럼 단순했다. 엄지와 검지로 만든 원이 한 끼 분량이며, 한 끼가 성욕을 주관한다는 게 신비로웠다. 엄지와 검지로 만든 원과 눈자위와 성기의 둘레가 같다는 생각과 안구와 귀두가 같은 질량이라는 생각은 우연이었지만, 우연은 한 치 오차 없는 느낌과 동의어였다. 목구멍과 식도와 창자와 항문의 기준이 엄지와 검지로 만든 원이어서일까, 엄지와 검지로 만든 원은 인종과 문명이 다른 사람들에게도 "좋아?"로 묻고 "좋아!"로 대답하는 언어로 사용되고 있다. 이 순간에도 우연히 마주친 한 총각이 사용 언어가 다른 한 처녀에게 엄지와 검지로 만든 원을 보여주며 묻고 있을 것이다. '우리 지금 할래?' 이 기호는 처녀의 질구에서 둥근 느낌이 될 것이다. 난분분한 음모 속 질구와 십방을 가진 삭정이를 끌어모아 만든 새 둥지는 같은 느낌의 다른 형식이다. 연필 빗금으로 자신이 그린 원에서 화가가 부화하듯 느낌이 한 가정을 이룬다는 기적은 더 신비롭다. 하지만 이런 기적은 다반사이므로, 번잡스러운 주변이 오히려 보이지 않는 눈 맞춤에 대해, 입의 원주를 맞추는 키스에 대해, 귀두와 질구를 맞추어야 태어나는 느낌에 대해 누구도 의심하지 않는다. 이보다 더한 신봉이 있을까. 귀두가 질 속에 박혔을 때, 사랑 같은 모호한 추상이 구상으로 해석되는 것 또한 누구도 신기해하지 않는다. 귀두는 느낌을 보는 안구였으므로, 느낌은 신만 경험할 수 없는 구상이었으므로

복기復棋
—저곳을 이곳이라 고쳐 말하다

길은 네거리를 만들며 진화한다.
네거리는 사방으로 뻗는 화점이지만
모든 길이 살아남는 것은 아니다.

문명을 몰다 문명에 몰려 죽은 길
인적마저 끊겼지만,
"온갖 잡새가 모여든다"의 잡雜처럼
부수적附隨的인 것을 부수部首로 삼은
잡것들이 모여 대마를 이루고 있다.

이름도 없는 것들끼리 모여
잡초라는 이름을 얻고
한 번쯤 실패해 본 것들끼리 모여
주격을 되찾고 있다.

몸 밖을 내다볼 수 있는 눈이 아닌
몸속 이끼를 세우느라 코를 킁킁거리는 똥개

오줌 한 줄기 내갈긴다.

저곳이, 해마다 가장 먼저 싹 틔우고
가장 늦게 잔설 거두는 자리라는 것
말해 무엇 하랴.
한 암컷이 쪼그려 앉아 오줌을 누고
수줍음을 처음 만든 여자로 걸어 나간 곳임을
굳이 말해 무엇하랴.
이곳에서 길이 시작되었음을
다시 말해 무엇하랴.

나 이미 저곳으로 홀로 걸어와 우리로 서서
저곳을 이곳이라 고쳐 말하고 있는데

상춘傷春

추억에 점령당한 식민지엔 아나키스트가 암약해요.

소녀는 첫사랑을 밀서로 가장 잘 써내죠.
소녀는 미완성 그림을 가장 완벽하게 그리죠.

새로운 별자리를 구성하는 눈동자가 자전하고 있어요.
상상에 그려지는 밑그림대로 자세를 바꾸는 몸
그냥 무심한 행동일까요?

일기장에 감춘 압화에서 색깔이 깨어나면
미완성이 자세를 갖기 시작하죠.

오늘 일기장의 주인공은 소녀예요.
잊은 사람을 생각했는데 그리운 사람으로 되살아났네요.

어른이 되는 것은 내 상상이 아니었어요.

왜, 소녀를 암약하게 하는 실수를 했던 걸까요.

사랑이 사람을 숙주 삼은 것은
체온이 자세의 등성等星을 주관하기 때문일 거예요.

오늘은 마구 날뛰는 체온을 모르는 양 내버려 두고
나를 점멸할 수밖에요.
온몸 구석구석 다 다칠 때까지
온 관절이 별자리 이름을 가질 때까지
그저 이리저리 뒹굴 수밖에요.

생각

오늘은 이동하는 시간에서 떠도는 제자리.
내가 여러 색깔을 생각해서 오늘이 과거로 이동했더군.
시간 밖으로 퍼지는 잉크는 고독을 채색했어.
생각마저도 이동할 수 없는 고독.
나는 왜 잉크를 채우는 제자리를 갖게 되었을까.
꿈으로 삶을 이동시키는 일이 얼마나 황홀하던지.
몇 년 공들여 쓴 시를 낡은 작업복처럼 구겨 버릴 때
문장에 매달린 주어가 바라보더군.
그때 알게 되었어.
제자리를 벗어나는 외면이 첫걸음이란 것.
아무리 내 밖으로 내던져 버려도
잉크병은 내 마음에서만 깨어지더군.
외면이라는 주술은
삶으로 꿈을 이동시켜 오늘을 신앙 삼게 하더군.
제자리에서 내 밖을 예상할 수 있게 되었지만,
내일은 배율을 모르는 혼색이어서
원색인 오늘로 칠할 수 없었어

생각이 생각을 이끌어야 하는 고통을 앓고 있어.

내일의 통증을 오늘 느끼는 형벌을 살고 있어.

내일에게 색깔을 빌리려 가는 길은

왜 제자리에서 떠돌아야만 당도하는 외길인지

생활언어학자

길거리 한데에 생활사전 한 권 널브러져 있네.

맞춤법 어긋난 자세들이 펼쳐져 있네.

옻나무를 옷나무로

햇볕에 말린을 말인으로

고춧잎을 고추입으로

바람이 읽기 좋은 자세로 기울어져 있네.

누가 저리 당당하게 적어 놓으셨을까.

좌판 옆에 언어학자 한 분 잠들어 계시네.

맞춤법 어긋난 자세가 참 편안하시네.

어린 새끼에게 맞춤법 이르듯

편한 자세에 끼어들어 바른 자세 곧추어 볼까,

공책 삼아 내 그림자로 얼굴 덮어드리는데

그가 이미 고쳐 쓰고 눌러 쓴 주름

풀이말들로 가득하시네.

어두워야 잘 보이는 사전이 있네.

쉼표와 마침표가 관절인 손으로 눈 비비시네.

찌그리신 눈에서 배어나는 자세를 보네.

더듬더듬 산나물을 담으시네.

삭풍에 맞서던 불손한 나물들이

노파의 손안에서 공손하시네.

몸으로 자모음을 깨친 수도자 앞에,

제 몸을 베껴 쓰는 생활언어학자 앞에,

감히 무얼 이르겠는가. 죄송히

노구의 상형문자를 암송하며 되돌아오네.

삐끗삐끗, 바른 걸음이 불편해지네.

수묵화水墨畵

먹물 하나로 삶을 채색하는 이유는 삶이 유채색으로 고정할 수 없는 이동이기 때문. 투명이 암흑을 암흑이 투명을 운반한다. 진한 먹물로 내쳐 그은 자획인데 여백의 점들이 들어박혀 있음은 삶과 사람이 공생하기 때문. 하얗던 속옷이 점점 회색이 되고, 얼굴 닦는 수건이 걸레와 공용이 되고. 극과 극을 버리고 중용을 찾아 헤맨 것들은 결국 농담濃淡으로 공생한다. 이생을 후생으로 이동시킨 사람이 있었다. 그의 망일을 중심 삼아 전후를 나누어서 말하는 사람들이 생겨났고 그의 말은 사후로 퍼져나갔다. 정치적 노선이나 사상적 경향이 빨갱이였지만 그는 회색분자라 불리었다. 가장 선명한 정신을 가장 흐리멍덩한 말로 표현할 수밖에 없음은 흑과 백 사이에 새벽이 있다는 뜻이다. 먹빛이 점점 엷어지고 있다. 말은 화폭에 갇혀 있는데 정신은 퍼져나가고 있다. 정신이 말보다 밝아지면 먹물은 이동을 멈추고 삶과 사람을 예술이게 한다.

아그리파

내달리다 하체가 사라져 고꾸라질 때가 있네.
거친 숨이 표정을 분해하는 임계점,
유일하게 일그러지지 않는 눈동자는 시공의 출입구.
뭉게구름이 제 생각을 그려 넣네.
나는 석고 점토처럼 표정을 바꾸고 바꾸네.
표정 하나만 봐도
꼬리 아홉 개가 보인다는 말은 얼굴에서의 다반사.
전과 틀림이 없고 남과 닮고 다른 것과 같을 뿐.
단원이 없던 구름의 생각을 기승전결로 나누고
체언과 용언을 부여하는 이가 있네.
등장인물들은 내 얼굴에 머물러 본 적 있는 듯
오직 내 표정으로만 연기를 하네.
또 다른 내 표정이 생겨나고 생겨나네.
각양각색의 명암을 짜 맞춘 스테인드글라스가
결국 한 색깔의 빛을 만들어 내듯
내가 알아볼 수 있는 침묵을 발성할 때까지
수많은 표정을 이어 붙이는 이가 있네.

슬픔의 구조

슬픔에 빠진 나에게 나가 몰려든다.

슬픔을 바라본 사람은
이미 타자의 의견에 동의하였으므로 주격이 아니다.

과거형으로 해석된 자신은 나가 아닌 타자.
그러므로 슬픔은 나와 나의 대면이다.

일방적 감정 표현
:웃음은 나를 초대하지 못해 일인칭이며
나를 떠나게 하여 나를 바라보게 하는
;슬픔은 이인칭이다.

슬픔은 나를 나에게 도착하게 해
나가 복수임을 인정하게 한다.

나는 나를 하나하나

살핀다.

해체한다.

감정이 보이지 않는 원자가 될 때까지

반추위 동물처럼

그렁그렁한 눈이 될 때를 기다린다.

돌아오는 눈물을 곱씹으면

나가 나를 버릴 수도 있겠다.

나가 나를 만날 수도 있겠다.

안부

입에 목소리라는 문을 열어두면
갑자기 침묵하는 세월이 들어온다네.

돌변은 깨달음이거나 깨닫는 중.

꼭 대답해 줄 게 있는데
하세월 방관하였네.

침묵이 나가 나에게 묻는 질문 하나임을 알아차리고
침묵이 나가 나에게 하는 수많은 대답임을 알지 못하고

하나의 질문에 수많은 대답이 있다는 것
애매성 다의성 중의성쯤 될까.

한 마침표에서 여러 문장을 뻗던 꽃은 자결을 선택하여
몇 배 많은 후생을 얻네.

씨앗은 현생이 숨 쉴 수 없는 쉼표들
나가 나가 아니라 누군가의 후생인 것처럼

구어체를 문어체로 옮겨 적었네.
僧推月下門 僧敲月下門 僧推月下門 僧敲月下門

목소리를 모색하던 숨소리가 사라졌네.
오독은 더 많은 방관을 곁가지로 뻗는 推敲.

그저 놔두어도 기필코 개화하는 꽃망울처럼.
부지불식간 나도 모르게 발설할 한마디
내 입으로 도착하길 기다리느라

생애보다 긴 생시를 열어놓았을 뿐이네.

앞 방향 버리기

무작정 걷기를 시작하기 전, 무릎과 발가락을 주물러 주고 발목 돌리기를 하곤 했다. 신이 세상을 창조했다는 이레째를 넘어서는 날, 걸음에서 전각을 새기는 환청이 들려온다. 왼쪽 발과 오른쪽 다리가 자모음의 위치를 바꿀 때마다 악마의 음성이 들려왔다. 악마의 언어를 배운 적 없는데, 통증의 감언이설까지 알아듣고 있었다. 나는 왜, 아플 곳만 주물렀을까? 나는 왜, 하체를 방관하고 상체에만 여러 방향을 주었을까? 하체는 오직 앞이라는 한쪽에 갇혀 있었다. 하체를 앞이라는 목적에 가둬 둔 것은 하체를 나로 인정하지 않고 있었다는 증거가 아닐까? '상체가 나이다'라는 오독에 하체를 방관하고 지낸 것이 아닐까? 여러 방향을 바라보는 상체를 나라고 여기고 있었으니, 악마는 무방비 하체에 숨어 살기가 얼마나 좋았을까. 하체의 명령에 복속해야만 하는 식민이 되었다. 주권이 바뀌는 것조차 모르는 나에게 하체가 포기를 제안한다. "하체는 상체를 앞으로 옮겨놓는 운반구가 아니란 말이다. 네 놈은 초범이니 네가 앞을 포기하면 목숨만큼은 살려주겠다, 살아 있는 동안 상하체와 앞뒤를 균등히 여기며 살겠느냐?" 내가 나를 넘어서는 것이 앞 방향을 버리는 것인가 보다. 인간의 창조 기간 되돌아감을 살아내면 앞 방향이 사라질까? 뒤로 가는 여러 방향으로 내가 나를 걸어 내며 앞 방향을 벗어나야겠다.

어떤 색깔 속의 나

색깔을 선택하지 못한 말이 표정에 잠복할 때
주먹을 펼쳐보네.
손가락 마디마디 쌓여 있는 여러 색깔을 보네.
주먹은 연대기로 혼잣말을 섞는 팔레트.
먼 곳의 모음; 혼잣말로 얼굴을 칠해보네.
무표정이 나를 바라보기 시작하고
발성되지 않는 감정을 움켜쥐고 고뇌하는
짐승이 보이네.
모든 처음엔, 주먹 쥔 팔 같은 모음이 있다네.
팔꿈치를 세우고
주먹의 위치에 떠도는 생각을 고정한 자세가
자모음을 결합한 글자로 보일 때
얼굴로 색깔을 고르는 종족이 탄생했다네.
혼잣말은 혼합색으로 떠돌기 시작했다네.
어떤 감정 하나를 완성하기 위해
그가 왜, 내 주먹을 선택한 것인지,
예, 내 자세를 통해 나를 우리로 혼합하려는 것인지

나는 붉은 색깔의 양을 재지 못하는 단 한 사람이어서
어떤 색깔이 표정에 이르는지 구별할 수 있네.
우리는 말하는 자세를 기르기 위해 주먹을 쥐고 펴고
지금도 변함없이
감정의 색깔을 결정하기 위해 손을 방랑케 하네.
심장에 정착한 손이 혼잣말을 경작하였다네.
맥박에서 사람이 탄생했다는 풍문을 오래 만지면,
먼 곳에서 붉은 색깔을 고르며
사람의 얼굴을 갖게 된, 한 짐승의 표정을 더듬어
어떤 색깔의 배율을 알아낼 수 있다네.
완성이 없는 색깔 속에는
신神만 해석할 수 없는 미립자 하나가 있다네.

3부

어슴푸레

밤 기차는 안이 밝고 밖이 깜깜한 곳을 찾아가지

나가 나를 보여주는 역을 찾아
보려 하지 않아도 자꾸 보여주려고 덜컹거리는

맥박의 속도로 운행하다 한숨으로 정차하는 간이역
같은 뜻을 전하려는 다인칭이 홀로를 기다리고 있는

유리창이 거울이 되는 시간
낯선 얼굴 하나 내 눈앞에 도착하네

나가 나를 알아볼 수 있는 도착; 어슴푸레는
얼마나 완전한 명암인가

잊었던 기억처럼 끝내 다시 도착하는 표정들
어떤 표정이 얼굴에서 정차할까 궁금해하면
뒤늦게 도착하는 흔적만

연착하면 연착할수록 오래 홀로여서
혼잣말 주고받을 한 사람 더 뚜렷이 보이는

얼음 렌즈

나는 꿈을 꾸고 해몽까지 하는 사람이지만
꿈은 내 능동이 아니지.

여러 등장인물로 한 편 이루어진 꿈은 피동.
원하든 그렇지 않든 구성되는
내 삶은 타자가 주인공이 되어 지나간 막간일 뿐.

능동과 피동이 동거하면
통념을 넘어서는 통설이 태어나지.

나 역시 미완성 각본 어디쯤에서
누군가의 주인공으로 등장하고 있으리.

인류의 주인공이 되기 위해 눈송이를 모으고
빙산을 갈아 볼록렌즈를 만드는 사람이 있어,
햇빛을 모아 불씨 하나 길들이는 사람이 있어,
[illegible]

사랑을 세공하는 천직을 가졌으리.

내 수정체에 든 온갖 피사체로
너라는 한 점을 어렵사리 착상시키고
체온으로 그린 입체를 탁본하여
내 해몽대로 네 얼굴이 생겨났으리.

네가 오늘 사용할 내 표정을 고르기 때문에
내 배역은 사후에도 전생이리.

옹관甕棺

삶은 달걀을 까다가 분지를 만났네.

태어나지도 못한 생명이 죽어가면서
끝내 지켜낸 모성의 공간을 보았네.

활화산이 만들고 휴화산이 간직하는 분지.
비를 모아 산정호수로 태어나는,
짐승이 새싹 깊이의 혀로 수면을 깨뜨리고
열매의 색깔을 품고 가는

안팎에서 두드리면 이본異本이 생겨나는
줄탁의 자리일 것이네.

탯줄 같은 골목길을 걷다가
마지막 자세로 태어나
첫 자세로 돌아가는 노파를 보았네.

태아처럼 무릎을 껴안고
아기 안던 앞품에 자신의 양손을 장사 지내고 있네.

모성의 공간을 메운 비손이
피어나기 전 떡잎 모양인지
줄탁 직전의 부리 모양인지

양 손바닥이어야 고이는 열은 마음이 결정할 것이네.

의태어

이성의 앞모습을 뒤돌아서도록 부를 때
최초의 언어가 생겨났어.
기호로 적을 수 없는 알몸 소리였지만
느낌을 골몰하는 입 모양이 태어났어.
고막과 망막을 오가는 미동은 온몸을 밝히는 파동
이었어.
쌓이는 체온을 잃지 않기 위해
상상은 불면 밖까지 퍼져나가야 했어.
그리하여 밤이 더 길어지는 동지가 생겨났어.
어두운 내용을 가진 밝은 자세를
어떻게 알아들었을까.
자신도 몰래 발걸음을 멈춘
짐승의 자세가 최초의 대답으로 해석되어
첫 사람이 태어났어.
체온을 해석하느라 여러 색깔이 생겨났어.
빨강이 먼 곳으로부터 온 자세란 것을
[illegible]

빨강을 모으기 시작했어.
짐승의 자세를 빌려야만 건네줄 수 있는
체온이 있었어.
뒷모습에서도 드러나는 압필壓筆이었어.

잇몸이 높은 여자

—오리엔탈

가까운 거리에서 더 보이지 않는 마천루보다
안 보이는 먼 거리에서도 다 들여다본 것 같은,
살아본 적 있는 것 같은, 움막이 좋아.
별들이 빛의 거리를 외우고 가던 움막들.
쓰러져 죽은 나무를 기둥으로 살려 세우고
최초의 감탄사로 사람의 고함을 울부짖은 암컷이 있었어.
콧날보다 높은 잇몸을 가져
영토 밖까지 목소리를 퍼뜨리던 사람,
메아리가 되돌아오는 지점까지 걸어 낸 길에
햇빛을 빌려 그림자로 경작 일기를 기록하던 사람,
굽이 뾰족한 빗살무늬토기를 만든 사람,
움막을 뒤집어 놓은 형식이 넘어질 줄 알면서도
뾰족한 젖가슴 모양으로 땅을 파 토기를 세우고
지평선 높이로 곡식을 담아 한 끼 분량을 계량한 사람.
그녀의 눈동자가 사람의 별자리가 된 것은
누군가 그녀의 눈을 마주하며 젖꼭지를 빨아

한 끼 분량을 알아냈기 때문.
그녀가 주검 되어 누웠을 때
몸의 가장 높은 곳에서 젖꼭지 두 개가 발견되었어.
사람들은 씨앗을 파묻는 거리를 묻지 않았지.
그녀는 왜 잇몸 높이에 공명(共鳴)을 건축했을까.
우리는 지금에서도 머나먼 이야기를 들을 수 있지.
어떤 눈빛은 별빛만큼 길어 나곤 했어.
별과 별의 거리를 빌려다 사랑을 고백했어.
사람은 제자리를 헤맬 때
유인원의 억양으로 잠꼬대하며 태질을 따라 걷지.
그 목소리에 발자국을 맡겨 두면
사람이 사랑에 이른다는 것 어떻게 알았을까?
움막 깊이로 다문 침묵에 첫걸음을 세워두어야겠어.

천상열차분야지도

밥뚜껑에 끝내 붙어 있는 밥풀이 있다.
아랫면을 윗면으로 뒤집어 놓으니 저세상 같다.

천지개벽에도 별자리에 붙어 있는 밥풀들
문명보다 먼저 해독해야 하는 암호 같다.

신앙이 된 밥풀은 떨어지지 않는다.

계절을 옮겨 다녀도 지지 않는 별자리의 점력

수렵을 위해 웅크리고 기던 숨죽임 같다.

눈동자에서 심상으로 옮겨가는 잔상과 같다.

수명보다 길게 살아남으려고 흔적에 매달린 눈물 같다.

낮쯤 드러나고 밤쯤 박혀 있는 최초의 움막 같다.

한 여자가 돌판 위에 열매를 옮겨 놓는다.
재단과 그릇이 동의어로 해석되고
열매가 씨앗이 된 비밀이 해석된다.

얼굴을 표정으로 바꿔 그리는 풍습이 생겨난다.

한 여자가 제 얼굴 위에 타인의 표정을 옮겨 그린다.
별이 깜빡이는 이유를 묻지 않기로 한다.

전생에 후생을 옮겨 놓을 때까지
별은 지상을 내려다보지 않을 수 없을 것이다.

무덤이 낮아지며 별자리로 끌려가고 있다.

신앙의 장력은 밥을 살아내던 이생의 후생이므로

이생의 점력이 후생의 장력을 감당할 수 없으므로
모성을 살아낸 사람은 부득이 신으로 환생한다.

잔업

까닭 하나 일러주려고 서둘러 돌아가려는 투병을 잔업이라 명명한다. 돌아간다는 것은 수평을 맞추는 일인가 보다. 쌓아 올린 봉분은 수평을 거부하는 행위이며 돌아간 자를 돌려보내지 않겠다는 마음인가 보다. 산 자의 마음에서 돌아간 자의 역사가 지워질 때 봉분도 점점 수평으로 돌아가는가 보다. 하초만큼 낮아진 젖무덤을 보며, 젖을 굳이 무덤과 합성한 사연을 궁금해한다. 노모의 젖무덤은 이미 수평으로 돌아가 묵묘가 되었지만, 젖꼭지만은 사람의 수평 위에 박혀 있다. 대팻날도 퉁겨내는 옹이는 한 몸에서 다른 연령을 산 증거였던가. 내가 죽기 살기로 연령을 빨아댄 젖꼭지에도 오돌토돌 원시인의 젖니 자국이 남아있었던가. 먹는 행위를 살려두려고 주검의 색으로 은폐하고 있는 젖꼭지, 폐사지 당간처럼 후생에 남아 있다. 본체는 사라졌으나 터를 남긴 까닭 묻지 않는다.

폐가의 자세

—생각하는 사람

기울기가 암행하기 좋은 밤
달은 빛을 기울여 성스러운 사물을 탐조한다.
달이 기울어진 창문을 찾아 한 발 들여 딛고 있다.
명암이 결정되자 부유하는 먼지들
달빛과 기울기를 맞춰 천을 짜기 시작한다.
먼지 의상을 입는 외형은 내면이 드러난다.
낡은 의자에 앉았던 사람은 흔적으로 바뀌었고
내면을 떠나보낸 폐가는 수평의 그림자를 괴고 있다.
함구를 노래한 까닭에
돌아간 사람은 감정으로 사용되고 있지만,
창문 속 달은 완력으로도 지워지지 않는다.
반달은 점점 기울기를 잃고 있다.
내면을 품으려 외형이 기운다는 것 알기까지
반을 밝히려 반이 어둡다는 것 알기까지
외형은 그림자를 다 괴고 내면이 될 수 있을까.
모두 떠나보낸 뒤 처음을 완성한
달이 부풀어 반듯한 빛으로 돌아가면

기울기에만 저장되는 노래들 누가 채록할 것인가.

사랑보다 수명이 긴 첫사랑이 암행하는 밤

이 흔한 명암이

턱을 괴어야 생각을 들일 수 있는

사람을 찾아내지 못한다면

사랑은 사람을 감정으로 사용하지 못할 것이다.

풍선

신은 원을 처음 상상했지만
완전한 원을 그리지 못했다네.
모든 지름이 같은 길이로 구성되어야만
원이라고 단정한 탓이었다네.
수만 번 고쳐 그린 미완성 원 속에
점을 찍는 풍습이 있었다네.
열매가 씨앗이 되기 위해 지름을 기르면
돋아난 새싹이 무질서를 실천했다네.
나뭇가지가 꿈틀거렸고
그늘이 생겨났다네.
나무 그늘에 들어 점처럼 웅크린 채
나무의 풍습을 훔치는 사람이 있었다네
그가 들숨을 채우면 그늘이 부풀었다네.
그가 눈을 감아 그늘을 빌리면
미래를 그릴 수 있는 구형球形이 부풀었다네.
상상을 지름으로 기르는 풍습은
네발 아래 있던 얼굴을

두 손 어깨 위로 띄워놓았다네.

한순간이라는 생물

바람 없이도 흔들리는 꽃이 있다.
한쪽 꽃잎을 떼어 버리고 만든
비대칭으로 스스로 흔들고 있다.

불균형 비행으로 비대칭을 찾는 나비가
꽃잎 버린 자리에 앉는다.

나비 날개로 꽃잎을 채운 꽃과
꽃에 다리를 접붙인 나비가
한순간에 들어 하나로 고요하다.

한순간이라는 생물은
식물과 동물이 나뉘기 전의 감정.
왜, 식물은 동물의 이동을 찾으며
왜, 동물은 식물을 감정을 빌리는가.

기어이 내 눈동자를 찾아내 머무는 꽃과

이성을 찾아 떠도는 내 체온의 향방을 묻지 않는다.

내가 오늘에 도착했는지 궁금할 뿐이다.

고성방가

악보 마디 형식의 지하철 맨 끝 객실
온음표로 잠들었다 깨나 홀로 앉았다.
가방에서 밀려난 장도리
잘 못 그려 뭉개버린 쉼표처럼 녹슬어 있다.
맞은편 음선에 몸을 분실한 꿈이 홀로 앉았다.
단조인 그를 장조로 깨워 어깨 겯고 내린다.
그의 늘어지는 무게가 서서히 내 숨을 칠하고 있다.
서로의 어깨에 음표꼬리처럼 팔을 걸치고
16분 잇단음표로 공원 벤치에 앉아 헐떡인다.
우리는 송판 몇 줄에 겨우 엉덩이를 그려 넣고
후보에게 주전을 빼앗긴 노장 선수처럼 한숨을 연주한다.
두루뭉술한 그의 노래가 선명히 해석되는 것은
술잔을 투명으로 칠했기 때문.
독작獨酌에 절어 있는 독창이 합창 행진곡이 되도록
두 눈 감아 암흑을 칠해 넣고
북극성 높이고 무릎을 빌려주다 눈뜬다.

내 몸에서 하차한 그가 사라지고 있다.
집으로 돌아가는 길엔
나를 온전히 옮길 수 없는 골목이 있어
앞모습을 방치한 사내가 뒷모습만 데리고 간다.

결속가정

나는 자주 말해왔다.

시기 질투에 부러움이란 억양을 감추고 말해왔다.

나는 노력할수록 미완성 인간이어서

한마디로 말할 수 있는 완전체가 못되어서

나는 자주 말할 수밖에 없었다.

'인간은 성선설로 태어나 성악설로 완성된다.'

4차 산업혁명에 들어 완성된 인간을 목도했다.

자본계급에 완벽히 적응한 탈 인간들.

말씀의 진화를 마친 완전체들.

금력을 다정다감보다 높은 억양에 두는 데 성공하고

분노를 한 말씀으로 삼는 항공일가,

역사상 이보다 완전한 결속가정이 있었던가.

완전체의 말씀 앞에 묵도하여 나열한 신도들

쌍스러운 말씀을 들어도

성스러운 가르침인 양 침묵한다.

지금껏 살아온 삶을 오류로 인정하고

주창하던 가치관을 단번에 버리고 개종한 신도들을

보라.

무소유의 선사처럼 나를 비우고
돌부처처럼 서 있는 신도들을 보라.
억양을 조절할 필요가 없는 분노는
얼마나 이르고 싶은 유토피아인가.
하지만, 완성은 아주 까마득한 것도 아니어서
나무아미타불, 나무아미타불 정근송을 외듯
로또복권당첨, 로또복권당첨 정근송을 외운다.
금력으로 가장 쉽게 이룰 수 있는 게 성악이므로
금력은 결손가정을 결속가정이게 하는 성악이므로

가면

耳目口鼻를 닫아 표정을 지운 무표정이
내가 호명하고자 한 나라고 하지만
내 얼굴은 부수部首가 된 나 몇몇으로 구성되어 있어
나는 무표정을 모른다네

이목구비가 각각 부수가 될 때마다
음훈이 달라지는 표정

耳 속에 편안함을 두면 시끄러움[聹]이 되고
目 왼쪽에 나무를 두면 서로[相]가 되고
口 한가운데 사람을 두면 죄인[囚]이 되고
鼻 오른쪽에 아홉을 두면 코가 막힌[鼽] 짐승이 되고
나는 타자와 동거해야 이름이 생겨나는 부족

성만 불러도 이름까지 듣는 나를 만나려고
입술 위에 수염을 가획하고
눈동자 옆에 눈물을 가획하곤 했지만

미간은 경험 않던 문양을 찡그릴 뿐이네

미간에 나를 내버려 두네
이목구비는 서로 중심이 되었다가 곁이 되었다가
표정 하나를 선택할 것이네

그 표정이 내가 부른 내 이름이라면
나는 그의 표정대로 그를 부르겠지만
제 부수가 무표정인 것을 몰라보는 표정처럼
이름은 제 부수인 나를 부르지 못할 것이네

내가 내 해골을 알아보지 못하는 것은
타자를 내 부수로 모시려 했던 삶 탓일 것이네

겹꽃

기다리고 기다리던 연주회 표 두 장이 도착했어요.

포개져야 수신처가 생겨나는 봉투에 담겨 있었어요.

애인에게 같이 가자고 말해 두었던 표였지요.

애인은 두 장 모두 줄 수 있냐고 묻더군요.

불길함은 검초록이 연두를 점령하는 기분이었지만

빨강을 생각할 겨를도 없이 표를 건네주었죠.

동행자가 되었더라도

오케스트라 연주를 들을 수 없었을 거예요.

나는 내 상상을 듣기에도 급급했을 테니까요.

그녀의 손등에 카트리지 바늘처럼 조심스럽게 올려 놓은

손끝 한 점을 타고 세필細筆처럼 건너오는

어두운 감정을 듣고 있었을 테니까요.

거부할 수 없는 색깔엔 분명 검정이 섞여 있을 거예요.

그런 내가 표 한 장을 따로 구하고 있더군요.

유채색에서 숭고함을 찾으려는 것이었을까요?

그들이 보이는 대각선은 직선이지만 가장 먼 거리였

어요.

눈동자를 받아주지 않는 기둥은 나를 숨기기 좋았어요.
애인의 손바닥과 겹친 넓은 손등을 가진 사내는
내가 상상해왔던 숭고한 감정을
여러 차례 경험해 본 것 같았어요.
그들의 상기된 얼굴을 보았다면, 당신도
다투듯 짙어지는 빨강 겹꽃잎을 떠올렸을 거예요.
그들이 유채색을 혼합할수록 나는 석양의 그림자처럼
더 먼 곳으로 밀려나 더 어두운 무채색이 되었어요.
나는 내 시선 밖으로 밀려나기로 했어요.
내가 나를 볼 수 없는 어둠이 되기로 했어요.
나는 내게 눈 깜박임을 징검돌로 빌려주며
한 걸음 한 걸음 마음속으로 물러났어요.
마음속에 도착해 홀로를 가두었을 때 알았어요.
손끝 한 점에 무수히 많은 뒷걸음질이 감겨있다는 것을.
나비가 더듬이를 나이테처럼 감아두는 기분이었어요.
나이테가 점이었다는 걸 알아요?

유채색 떡잎을 풀어댈 씨앗의 어둠만큼이

그녀가 나를 잊을 수 없는 감정일 거예요.

그러니 내게도 이제

사랑에 대해 말할 수 있는 침묵이 생겨난 거지요.

사랑이 무채색으로 해석되지 않기에 노래가 되는 까닭과

악보가 검은색으로 기록되는 까닭도 알게 되겠지요.

하지만 침묵이 돌림노래가 되기 전에 독창해야겠어요.

꽃을 은유하는 내 습관이 우리의 관습이 될 수 있도록

유채색이 무채색으로 시드는 시간을 경청해 주세요.

4부

홀울음

한 노래를 밤새 듣는 것은 위험해.
반복이란 자기최면까지 허물고 돌진하는 침략자,
이것은 새 시대를 여는 호령 같은 게 아닐까.
밑이 뾰족해 모래밭에나 세워지던 빗살무늬토기가
밑이 편편해져 홀로 설 때
빗살무늬는 석기인과 함께 사라지고 없었지.
무문토기가 지능 높은 청동기인 것이란 게 이상해?
무문토기에 햇빛이 침략하고 있어
말라서 갈라지는 금이 무늬는 아닐까.
자연이 인공을 침략한 흔적,
이것은 인공을 합병하는
자연의 주문呪文 같은 게 아니었을까.
이렇게 자연의 식민이 되어
햇빛을 무늬로 처음 본 사람들
불에 태운 갑골문 방향을 따라 이동했다니,
울음이 만든 감정을 수없이 걸어낸 사람이
침략자의 시민이 되는 것도 독립이 아닐까.

홀로 우느라 쳐진 어깨를 인공이라 부르면
어깨를 다독여 세워 주는 타인은 자연이 아닐까.
꿈쩍 않던 소녀의 사지가 첫걸음으로 깨어져
움막으로 돌아가는 길이
얼굴에 새겨진 몇 갈래 무늬와 같다.
저 길 끝나는 곳에
밑이 편편한 최초의 제단이 놓여있을 것이다.
제 눈물을 문장으로 세워놓을 수 있는

홍조를 기르는 우리

얼굴은 탈출 불가능한 도화지란 우리.
맥박은 동물을 길들이는 색깔을 가진 화가.
심장으로 생각을 가지면 그리지 않을 수 없다.
상상하는 것들은 붓의 동족.
부정적 상상으로 긍정적 미래를 그리는 것
방랑자가 고른 색깔 때문이어서
노심초사를 틈타 발설된 사랑 고백은 무색이다.
가부를 가릴 수 없는 찬반을 가리는 오늘
불현듯 첫사랑을 생각했고
밑그림을 다시 그려보느라 성대모사를 했다.
얼굴은 바로 내 목소리를 알아차렸지만
과거에 쓴 연서처럼 홍조를 머금고 있었다.
짧은 순간이었지만,
망자를 환생시켜 대면하게 하는 방랑자가
첫사랑이란 색깔을 고른 것은
달리 어떻게 할 도리가 없는 하릴없음이 아닐까.
오로지 고기를 닮아야 하는 오늘

단 한 번 변색이어도 좋으련만,
원색 하나로 칠해야만 하는 여백이
왜 내게 남아 나를 자처하고 있는지
원색을 사육할 나를 하염없이 기다린다.

상자에 손 넣기

수면水面에 손을 넣어 물 한 줌 쥐고 온 날
책상 앞에 앉게 되고 나를 생각하게 된다.
床판에 얼비치는 相판에서 나를 찾는다.
무던히도 많은 서사가 나를 흘러간 것 같은데
나 한 문장이 고여 있지 않다.
수면獸面을 세운 거울 속 얼굴에도 나가 없다.
사진을 찍어 사방을 바꿔가며 살펴도
나의 행방을 찾을 수 없다.
사진첩을 들춰 오래전 얼굴을 뚫어지게 살핀다.
세월호의 상주라며 수염을 기르기 시작하던
2014년 얼굴에도 나가 없고,
겉멋 부린 1994년 음반 재킷 얼굴에도 나가 없다.
30년 지나도록 이목구비만 제자리에 있다.
나는 말과 소리가 섞이지 않는 상자에 담겨 있다.
타인이 내 얼굴에 손을 넣을 수 없어
나는 타인의 표정에 섞이지 못한 얼굴이다.
상자 속에서 내용물만 변질하고 있다.

어느 날 내 영정을 태우는 손이 있다면
얼굴 타는 연기에 눈물 젖는 손이 있다면
손에 쥐어진 표정이 비로소 나일 것이다.
손은 유골 한 줌을 수면으로 돌려보낼 것이다.

침묵을 외우는 자세

팔이 땅을 짚고 있어 몸통에 자음이 없을 때
낯선 감정 하나 그리기 위해
얼마나 많은 표정을 상상했을까.

보이지 않는 감정을 자기 최면으로 그린
생각 한 장 보여주기 위해

미간을 갑골문처럼 찡그려
있은 적 없는 감정을 나타내 보다가
상현과 하현 간격으로 눈 깜박여
미완성 표정들을 폐기해 버리다가

비로소 감정에 체온을 칠한 표정을 만지기 위해
두 발이 얼굴을 감싸 두 팔 되었을 때

표정을 발음하기 위해
입 모양을 고르는 한 짐승의 침묵

이보다 진심 어린 언어가 있을 수 있을까.

인간의 침묵을 짐승의 입으로 말하기 위해
표정을 초성 자리에 올리고
직립을 받침 자리에 받치고
처음으로 사랑 고백을 창조한
인간의 침묵을 외우던 짐승의 자세를 빌리면

내 자세로 사랑 고백하는 나가 있을 것이다.
이것이 나의 후생 아닐까.

내가 침묵에 들면 누군가 큰 숨을 내쉬곤 한다.
누가 나를 열람하나 보다.

내 침묵을 골라 자세를 꾸리는 사람 누구인가?

길항

나가 나를 보기 위해서는 눈을 감아야 한다.
메아리 돌아오는 시간만큼 눈 뜨지 않으면
눈여겨본 피사체들이 자리 다툼하여
나는 타자로 구성되고 있다.
감은 눈이 저절로 깜박거릴 때가 있다.
모음에 붙은 자음이 의미로 꿈틀거리듯
피사체의 뜻으로 눈꺼풀과 입술이 떨릴 때가 있다.
외곽이 분명한 육신과 내곽을 파고드는 침묵이
내가 할 말을 구성하고 있다.
몇 번의 머뭇거림을 모아야 한 음절이 생겨날까.
발설하지도 않은 얼굴이 표정으로 전달되고 있다.
내 속내를 보아버린 타인이 있어
내가 뱉은 말이 내 귀에 도착할 때가 있다.
반환점을 가진 목소리가 나를 안내한다.
묵언을 오래 걷는 걸 보면 나와 나는 타인이다.
나와 나 사이는 메아리가 살기 좋은 거리이다.

꽃哭

화분 속 꽃을 지켜본다.
개 꼬리를 흔들며 꽃이 짖는다.
식물성 꽃에서 동물성 哭이 들린다.

야생 늑대처럼 가축 개처럼
짖는 입이 두 개가 보이는 것은
바깥이 안에 갇혀 사육되었기 때문이다.

유채색 꽃잎 진 자리에 무채색 씨앗이 들듯
단순한 게 중의적 상상을 이끌 듯
다의와 애매모호가 야생인 것처럼

내 속에서 타자의 슬픔을 앓는 이가 있다.

나가 나 밖으로 풀려나야
내 목소리가 야생을 기를 것이다.

붙어 있는 거리

아름드리나무가 톱질에 쓰러졌다.
단면이 성운처럼 밝다.

행성의 궤도였음을 숨기지 않는 나이테에
송진 방울 몇 개 떠돌고 있다.

몇 해를 헤매면 붙박이별이 되나?

톱밥 무더기가 성운을 이루는 건
나무가 다녀간 별자리를 기억하기 때문이다.

붙어 있는 톱밥과 톱밥의 거리는 몇 광년쯤 될까?

맞붙은 것들의 거리를
계측 불가능한 시간이라고 불러야겠다.

정표를 맞추듯 나무에 새기고 간 이름들이

톱밥 성운에 섞여 있다.

별에 제 이름을 붙인 연인이 인연이 되듯
안개가 물방울로 명명되면 아침이 되듯,
한 몸에서 다른 연령을 살아 낸 옹이가 사후를 얻듯,

심정을 데려가 한 사람 곁에 놓아두어야겠다.

타인에게 내 심정을 맡겨 두면
일생쯤 떠도는 건 거리도 아니다.

心

흩어져 떠돌던 손가락 끝을 오므리니 꽃송이이다.

손끝 속 텅 빈 점이 암술로 보이고
꽃송이가 마음 心자로 읽히고
손가락 끝이 심실과 심방의 형상이다.

통점이 어딘지 몰라
가슴을 더듬어 점자를 읽어대던 나날이 있었다.

연인의 손을 잡았을 때
속마음을 읽게 된 것은 신비가 아니었다.

心의 두 번째 획을 걸어 본 사람은 알았을까.
움막에서 고인돌까지가 한 획인 것을.

큰길을 중심으로
지붕을 모으고 무덤을 모은 것이 문명이 아니던가.

심방과 심실을 점으로 기호화한 사람은 알았을까.
한 점으로 오므린 내 손끝의 높이가 달라
사람의 노래마다 음높이가 다름을
한 송이 꽃잎마다 지는 날이 다름을

오므렸던 손가락을 편다.
마음을 거쳐 간 모든 게 씨앗으로 여물었다.

인연

경판經板에서 한 획이 떨어져 나간다.
고요했던 수면이 물결친다.

뜻이 달라진 글자가 음을 잃고 있다.

수면보다 낮은 투영체들이 밀려나고,
양각처럼 드러난 그림자들이
짐승의 자세를 담아 산으로 돌아가고,
수면이 침묵에 울음소리를 넣어 감춘다.

수면에 내 얼굴을 비추니
떨어져 나간 획의 뜻으로 수면이 출렁인다.

유채색을 감추려 무채색을 울던
비구니가 산사 밖으로 나선다.

인연을 따르며 산길이 흔들린다.

중바랑 하나가 속세로 든다.

중바랑을 풀면 사라진 한 획을 발견할 것이다.

토르소

순수예술과 동족인 자존심은 몸통에 있다.
누구는 사지쯤은 버려야 하는 것이라 하고
누구는 마음으로 옮겨 받들어야 한다기에
순수예술은 자존심이란 장기 하나를 더 요구한다.

순수란 한데를 찾아 한가운데로 삼고
양팔 저울처럼 중심을 앓는 것이어서
예술은 어디에 놓여도 중심이 되는 영점을 탐했다.

잉크의 출렁거림을 견디지 못해
한쪽으로 기우는 병을 앓는 이들은
내적 상상을 외적 경험으로 중심 잡곤 했다.

자전의 제자리를 공전 궤도에 앉히려
잉크색만큼의 어둠을 움켜쥐어 봤지만,
실패는 끝끝내 영점을 기울이는 바에 성공했다.

한 사람이 삐걱삐걱 걷다가 걸음을 버린다.

이제 어떤 해석이 들려도 요동하지 않는다.

체온

사과 한 개 그리려고
행인이 외모를 바꾸고 눈동자를 다녀갔어.

나는 왜 방랑을 흑백으로 그리려는 걸까,
상상에 몰두하는 습관이 생겨나고

턱 괸 자세를 이젤처럼 세워두고
눈동자를 얹어 두곤 해.

흑백으로 표기되는 밤낮을 걷는 행인이
액자만 한 하루를 잘라 주인공이 되고 있네.

하얀 시간에 새까만 연필만 쥐여주고,
움직이지 못하도록 찍을 빛 한 점을 암기하는 정물.

연필 사과에 찍혀 있는 빛 말뚝을 지우면
붉은 사과가 외곽 밖으로 탈출할까

나가 나를 관람할 수 있는 밖에 도착하면
홍조를 차려입는 채 떠도는 유채색 속말들,

타인의 눈에 비추면
온몸을 파고 흘러 감정이 되는 비문碑文들

정거장

내 숨에는 메아리 간격이 있다.
탯줄 길이만큼 첫울음 내뱉은 까닭에
메아리가 생겨나는 반환점까지 걷는 버릇이 생겨났다.
자꾸와 반복이란 사이에서 길이 생겨났고
시야보다 멀리 가보려는
상상보다 먼 것들을 확인하는 습관이 생겨났다.
발바닥이 자주 물들어
수많은 첫걸음을 열람하곤 했다.
감정은 맨 처음을 섞기 좋은 수레였다.
이성이 제 색깔을 싣기 전
자음도 모음도 아닌 목소리가 태어났고
낯선 목소리를 감별하기 위해 걸음이 흔들렸다.
명백하나 기술할 수 없는 감정이 정거하면
밖에 거처를 둔 색깔들이 마음으로 굳었다.
마음에 눈물을 섞으면 새로운 색깔이 생겨났다.
그 정거가 내 자리인 것 같아
반환점이 될 때까지 한없이 서서

되돌아갈 첫걸음을 고른다.

모아둔 수많은 첫걸음이 내 발에서 달아난다.

표의문자

삼겹살이라는 상형문자를 먹네
근육과 비곗살, 무엇이 부수部首일까?

부수에 뜻을 붙이면 형形이 된다는데

살생을 내 몸에 붙여 쓰며 수많은 표정을 지어왔네.

밥 앞에 앉아 기도하면 듣곤 하네.
네 밥의 마지막 울음을 기억하니?
말이 되지 못하고 견해도 되지 못한

얼굴을 감싸고 뜻을 더듬네.

얼굴 부수를 가지고
다른 표정이 된 이목구비를 궁금해하네.

입 모양을 더듬어

첫울음이 語와 說로 분류된 까닭을 엿듣네.

손의 미늘

평소 떠오르지 않던 모티프가 육체노동을 하면서 밀려든다. 이 철없는 축복은 리얼리티가 부족한 나의 정신노동이 특별하지 않다는 말과 다르지 않다. 십장에게 거짓말하고 모처럼 찾아든 모티프를 문장 되게 하려고 카페에 앉았다. 호흡을 사납지 않도록 다스리고, 맥박을 최대한 늦추고, 주먹에 펜촉을 가라앉히는데도 문장이 낚이지 않는다. 상상도 의미도 감각도 매끈한 손에는 잡히지 않는가 보다. 노동으로 갈라진 손마디처럼 미늘이 서야 시어도 걸려드나 보다. 사람들의 음절이 서로 부딪혀 형태소를 잃고 의미 없는 기호들이 눈발처럼 내린다. 자신이 주인공이고 주격이고 주어라고 생각하는 사람들 모두 소란한데, 나 홀로 무념하다. 강설(江雪)의 마지막 구[獨釣寒江雪]를 써본다. 내 글씨에서도 미늘이 보이지 않아 오래도록 홀로일 것이다. 내 손은 삶과 너무 먼 곳을 더듬고 있다.

해설

'첫'에 관한 시적 가설

고봉준 (문학평론가)

한 편의 시를 쓰는 일과 시집을 묶는 일은 다르다. 시를 쓰는 행위가 감정적, 감각적 사건의 순간에 집중하는 것이라면, 따라서 상대적으로 의지나 이성의 영향력이 적다면, 시집을 묶는 일에는 취사선택이라는 의지의 과정이 개입한다. 자신이 쓴 작품을 일체의 퇴고 없이 시간순으로 묶는 경우도 생각할 수 있지만 그것이 일반적이라고 말할 수는 없다. 또한 시를 쓰는 일과 시집을 묶는 일 사이에는 수정, 즉 퇴고 과정이 개입된다. 이것은 시인만의 문제가 아니다. 독자로서의 우리는 개별 작품을 통해, 때로는 한 권의 시집을 통해 시와 마주친다. 이 과정에서 우리는 개별 작품으로 읽을 때 발견하지 못했던 것을 시집에서 발견하여 시에 대한 자신의 느낌이나 판단을 수정하기도 한다. 이러한 일들은 화가의 작품을 관람할 때나 작곡가의 음악을 들을 때도 다르지 않을 것이다.

한 권의 시집을 읽는 일은 거기에 수록된 작품들을 차례차례 넘겨 가면서 읽는 일, 즉 수십 편의 개별 작품을 읽는 것과 다르다. 특히 그 시집이 '선택'이라는 시인의 의지가 반영된 결과라면 더욱 그렇다. 이러한 차이를 가리켜 부분과 전체, 혹은 나무와 숲의 관계라고 말할 수도 있겠지만, 중요한 것은 두 가지 읽기 방식이 배타적 관계가 아니라는 것을 이해하는 일이다. 나는 차주일의 이번 시집이 이러한 방식, 그러니까 '나무'를 바라볼 때 그 뒤에 있는 '숲'을 배경으로 읽혔으면 좋겠다. 차주일의 시 편들을 전체적으로 일별하다 보면 우리는 몇 가지 문제의식, 그리고 몇몇 시어나 구절이 반복적으로 등장한다는 사실을 발견하게 된다. 차주일의 시에서 이러한 반복은 습관, 즉 우연의 산물이 아니라 각각의 세계를 유지하고 있는 강력한 구심력으로 기능한다. 즉 그의 시는 몇 개의 특정 주제에 대한 시적 진술이 반복과 변주를 거듭하고 있으며, 이러한 반복은 한 편의 시, 즉 개별 작품에 주목할 때보다는 시집 전체를 읽을 때 분명하게 드러난다. 시, 즉 예술에서 반복은 단순한 복사가 아니라 새로운 변주와 가능성을 생산하려는 창조적 행위의 일환이다. 예술에서 반복은 매너리즘과 달리 차이가 출현하는 사건의 지점이며, 이런 점에서 반복은 징후로서의 의미와 생성으로서의 의미를 동시에 갖는다. 그렇다면 차주일의 시에서 반복되는 것은 무엇일까?

바람이 사물에 부딪힌다.

바람 소리가 사물의 모양을 외우며 날아간다.

가명을 가진 바람은 호수를 방문한다.

바람이 옮겨온 가명을 부려놓으면
청사진처럼 출렁거리는 수면.

인공이 자연으로 허락되고
가명이 본명으로 형상되고 있다.

호수가 본명을 가진 것들의 첫걸음을 허락한다.

여명이 석양이란 본명을 갖는 시간
한 짐승이 제 모양을 흘려보내는 그림자를 외운다.

짐승의 입술이 사람의 목소리를 붉기 시작하다

본능이 감정으로 허락되고 있다.

몇몇 감정은 사람에 도착하여
내면에서 출렁거릴 것이다.

—「3D 프린터」 전문

이 시는 하나의 자연적 사건(현상)에서 시작된다. '바람'과 '사물'의 마주침이 그것이다. 시인은 이 일상적인 사건을 "바람 소리가 사물의 모양을 외우며 날아"가는 것으로 해석한다. 다음 순간 그 바람은 '호수'에 이르러 자신이 옮겨온 가명(假名), 즉 "사물의 모양"을 부려놓는다. 흥미로운 점은 '바람'을 매개로 한 '사물'과 '호수'의 자연적인 만남이 시인에게는 '청사진'이라는 인공적인 요소로 감각된다는 것이다. "인공이 자연으로 허락되고/가명이 본명으로 형상되고 있다."라는 진술은 이 전환에 대한 요약이다. 그런데 여기에서 중요한 것은 '인공'과 '자연'의 차이가 아니라 어떤 것이 다른 것으로 전환, 즉 변환(Metamorphosis)되는 사건 그 자체이다. 이 시에서 '바람'이 "사물의 모양"을 부려놓는 호수의 '수면'은 사건이 발생하는 장소라고 말할 수 있다. 그것은 "벽 앞에 사람을 세우고 전등"(「감정」)을 켰을 때 "일 할쯤 큰 그림자"가 맺히는 스크린과 같다. '3D 프린터'라는 제목은 바로 이 변화와 그것이 투영되는 사건의 장소를 가리킨다.

차주일의 시에서 모든 것들은 이처럼 변화한다. 인공이 자연으로, 가명이 본명으로, 여명이 석양으로……. 그리고 이 변화의 끝에는 "본능이 감정"으로 변화하는 사건이 존재한다. "몇몇 감정은 사람에 도착하여/내면에서 출렁거릴 것이다."라는 진술에서 드러나듯이 시인은 '감정'을 '본능'이 변화한 것으로 인식하고, 그것이 '내면'에 도착하여 출렁거릴 때 비로소 우리가 인간이라고 주장한다.

> 벽 앞에 사람을 세우고 전등을 켜네.
> 일 할쯤 큰 그림자가 생겨나네.
> 그는 왜 옮기려 했을까?
> 움직임과 고착의 거리가
> 사람보다 어두운 기호 문文자로 서 있네.
> 네발짐승이 갑골甲骨에서 기호 두 발로 섰을 때
> 두 팔은 사람이 처음 창조한 상상이었네.
> 몸 밖을 더듬는 형식이 상상임을 알아차리고
> 두 팔을 상상 밖으로 펼쳤을 때

뜻이 생겨나기 시작했네.
자세를 밝혀보는 문명文明이 생겨나고
상형과 표음의 거리를 기록하던 사람은
마지막 자세를 고민했네.
몸이 그림자에 누워 같은 크기가 되면
두 팔은 주검을 더듬어 목소리를 버렸네.
그는 왜 목소리를 밖이라 생각했을까?
이생에서 후생의 거리가 해독되고 있었네.
얼굴에 도착한 표정이
얼굴보다 일 할쯤 밝아져 있었네.

—「감정-살아남은 사람」 전문

차주일의 시에는 이러한 탄생, 혹은 기원에 관한 진술들이 반복적으로 등장한다. 특히 「감정-살아남은 사람」에서 '감정'의 기원은 피사체와 그림자, "움직임과 고착의 거리" 등으로 변주되어 사유된다. 「3D 프린터」가 감정의 기원에 관한 사유라면, 「감정-살아남은 사람」은 '감정'이라는 제목에도 불구하고 '기호'의 탄생, 그리고 그 과정에 개입된 '상상'의 역할에 관한 시적 사유라고 말할 수 있다. "벽 앞에 사람을 세우고 전등"을 켜면 벽면에는 실물보다 "일 할쯤 큰 그림자"가 맺힌다. 시인은 이 차이를 "움직임과 고착의 거리"라고 표현하는데, 이 시에서 그것은 물리학적 현상의 문제가 아니라 '기호'의 탄생으로 의미화된다. 즉 시인은 '그림자'를 "사람보다 어두운 기호 문(文)자"로 인식하고 있는 것이다. 이처럼 사물이 기호로 변화하는 과정은 "네발짐승이 갑골甲骨에서 기호 두 발"로 기호화되는 것에서도 동일하게 목격된다. 기원전 11~14세기 상(商)나라의 갑골문(甲骨文)은 한자의 기원이라고 평가된다. 알다시피 갑골문은 거북의 껍질이나 소의 견갑골에 새겨진 상형문자의 일종이다. 시인이 "네발짐승이 갑골甲骨에서"라고 말할 때의 '네발짐승'은 바로 갑골문자가 새겨진 거북이나 소 등을 가리키는 것으로 보인다.

흥미로운 것은 이 갑골문자에서는 '네발짐승'이 '두 발'로 선 형상으로, 따라서 '두 팔'을 가진 존재로 그려지고, 그러한 기호화 과정이 '상상'의 산물이며, '상상'이야말로 인간이 "몸 밖을 더듬는 형식"이었다는 시인의 사유 과정이다. 인류의 문자가 이러한 과정을 거쳐 '상형'에서 '표음'으로 진화했다는 것, 그 과정에서 누군가는 "상형과 표음의 거리"를 어떻게 기록할 것인가를 고민했으리라는 시인의 진술은 차주일의 시적 주제가 무엇인지 짐작하게 만든다. 이 시에서 '사람'과 '그림자'의 관계에서 출발한 시인의 기원에 대한 사유는 '사물'과 '문자'의 관계, '상형'과 '표음'의 관계 등을 거치면서 심화되는 한편 "몸이 그림자에 누워 같은 크기가 되면"이라는 진술처럼 분리/차이만이 아니라 일치에 대한 사유와 함께 진행된다. 시인은 작품의 후반부에서 '몸'과 '그림자'가 같은 크기가 되는 것, 즉 죽음을 사유한다.

포옹이 풍습으로 떠돌기 전

동물의 자세로 사랑을 궁리하던 그가
직립으로 두 손을 만들어 이성의 얼굴을 만졌다네

이성의 표정을 가져와 제 얼굴을 꾸리고
이성의 체온으로 제 감탄사를 만들었다네.

이목구비가 뒤섞인 낯선 얼굴이 제 목소리를 냈으므로
포옹은 최초의 상형문자가 되었다네.

동물의 자세에 사람의 목소리를 합한 불완전이
수많은 기호로 옮겨졌다네.

불완전을 완전으로 오독하게 하려고,
상형문자를 표의문자로 되게 하려고,
목탄과 붓을 만들어 뜻을 기록한 사람이 있었네.

찍고, 누르고, 머물고, 내긋고, 삐치고, 뻗고
뜻의 태도가 될 때마다 사람의 목소리가 늘어났다네.

기호가 자세를 구분하고
목소리가 문화를 구분하였지만,

아직도 뜻이 없이 통용되는 인류 공통 감탄사가 있어
뜻의 동의어 체온이 인종을 오간다네.

이것은 목소리를 부수部首 삼아
새로운 자세를 이루라는 첫 사람의 전언이 아닐까?

동물의 자세를 부수 삼았던 첫 사람은

목소리를 부수 삼는 내 자세를 지켜보고 있을 것
이네.

나는 가끔 낯선 목소리를 내느라
나를 안고 가는 나를 발견하곤 하네.
첫 사람으로부터 건너온 체온을 끊임없이 배열
하는

-「합자론合字論」 전문

차주일의 시에서 '언어'는 질서나 기능의 문제 이전에 '자세'와 '태도', 그리고 '기원'의 문제로 사유된다. '언어'에 대한 사유는 현대시의 출발점이다. 언어의 불완전성이나 지시불가능성에 주목하여 '언어 바깥의 언어'를 향해 나아가는 경향이나, 정신분석의 '결핍' 개념을 원용하여 '언어=권력구조'의 외부를 사유하려는 경향이 대표적인 현대시의 흐름으로 평가되는 이유도 여기 있다. 현대시에서 시는 언어에 근거하되 언어를 벗어나려는 그 불가능한 몸짓으로 이해된다. 하지만 차주일의 시에서 '언어'의 위상은 조금 다르다. 그가 주목하는 것은 '언어'가 탄생하는 장면, 즉 기원의 문제처럼 보이기 때문이다. "이목구비가 뒤섞인 낯선 얼굴이 제 목소리를 냈으므로/포옹은 최초의 상형문자가 되었다네."라는 진술처럼 시인은 문자가 탄생하는 '첫' 순간에 관심을 쏟되 그것이 이미-항상 '문자(文字)'에 국한되지 않는다. '포옹'이라는 신체적 사건이 문자가 되기 위해서는 그것이 기호적 기능을 수행해야 하는데, 시인은 그것을 "동물의 자세로 사랑을 궁리하던" 단계에서 "직립으로 두 손을 만들어 이성의 얼굴을 만"지는 행위로의 이동을 통해 사유한다. 포옹이 곧 언어의 기원이라는 이 주장을 조금 일반화하면 '언어'는 이미-항상 타인과의 관계('포옹')에서 기원한다. 이렇게 탄생한 '상형문자'는 불완전할 수밖에 없어서 시간이 지나가면 그것이 '완전'과 '표의문자'로 발전했다는 것이다.

하지만 시인은 이러한 문화, 혹은 언어의 발전이 '뜻(의미)'를 명확하게 만들었다는 사실을 부정하지 않으면서도 "아직도 뜻이 없이 통용되는 인류 공통 감탄사가 있어/ 뜻의 동의어 체온이 인종을 오간다네."라는 진술처럼 최초의 언어가 탄생할 때의 신체적 사건, 즉 '포옹'의 가능성을 믿는다. 이 믿음이 개인 간의 믿음이 아니라 "동물의 자세를 부수 삼았던 첫 사람은/ 목소리를 부수 삼는 내 자세를 지켜보고 있을 것이네."처럼 문명사적인 연속성, 그리고 "나를 안고 가는 나를 발견하곤 하네./

첫 사람으로부터 건너온 체온을 끊임없이 배열하는"처럼 시를 쓰는 존재로서 자신의 행위를 성찰하는 방식으로 표현된다는 것이야말로 '언어'에 대한 차주일의 관심이 다른 시인들의 그것과 구분되는 지점이다.

이성의 앞모습을 뒤돌아서도록 부를 때
최초의 언어가 생겨났어.
기호로 적을 수 없는 알몸 소리였지만
느낌을 골몰하는 입 모양이 태어났어.
고막과 망막을 오가는 미동은 온몸을 밝히는 파동이었어.
쌓이는 체온을 잃지 않기 위해
상상은 불면 밖까지 퍼져나가야 했어.
그리하여 밤이 더 길어지는 동지가 생겨났어.
어두운 내용을 가진 밝은 자세를
어떻게 알아들었을까.
자신도 몰래 발걸음을 멈춘
짐승의 자세가 최초의 대답으로 해석되어
첫 사람이 태어났어.
체온을 해석하느라 여러 색깔이 생겨났어.
빨강이 먼 곳으로부터 온 자세란 것을

내가 어떻게 알아차렸을까.

빨강을 모으기 시작했어.

짐승의 자세를 빌려야만 건네줄 수 있는

체온이 있었어.

뒷모습에서도 드러나는 압필壓筆이었어.

—「의태어」 전문

차주일의 시에서 인간의 태도/ 자세는 언어의 출발점이다. 그의 시에 등장하는 "밥상에 종지 놓는 자세로 굽히니 보인다./ 소리 내서 읽을 수 없던 어머니의 뒷모습"(「늦게 썩는 글씨」), "나는 내일, 한 여자의 마지막 자세를 읽으려 한다. 경전을 펼치듯 무덤의 읊모를 찾아 쓰다듬어 댈 것이다."(「무덤의 읊모」), "상형象形이 형상形像되어 소리와 뜻을 갖는 것처럼/ 마지막 자세를 고르자."(「밥상의 자세」), "사랑이 사람을 숙주 숨는 것은/ 체온이 자세의 등성等星을 주관하기 때문일 거예요."(「상춘上春」), "내 얼굴은 부수部首가 된 나 몇몇으로 구성되어 있어/ 나는 무표정을 모른다네"(「가면」) 등의 구절은 모두 인간의 행동, 자세, 표정 등을 언어의 기원으로 인식한다는 점에서, 아니 그것들을 언어로 간주한다는 점에서 동일한 문제의식의 변주라고 말할 수 있다.

인용시에 등장하는 “이성의 앞모습을 뒤돌아서도록 부를 때/ 최초의 언어가 생겨났”다는 진술 역시 같은 맥락에서 읽을 수 있다. 표음문자 이전의 언어, 즉 원초적 언어가 의미/뜻을 지닌 기호로 정착하는 과정, 또는 현재의 표음문자에서 원초적 시간의 흔적을 발견하려는 시인의 노력은 궁극적으로 인간의 삶과 세계에 대한 새로운 이해를 요청한다. 위의 인용시는 그러한 이해 방식에 타인의 표정이나 행동을 이해하려는 '해석'과 '상상' 과정이 있었다는 사실을 명시적으로 지적하고 있다.

'의태어'를 중심으로 전개되는 언어의 기원에 대한 시인의 상상이 인류학적 지식이나 언어학적 사실에 얼마나 충실한 것인지는 알 수 없다. 이러한 시적 상상과 진술이 우리에게 말해주는 것은 시인이 최초의 사건과 순간에 관심을 쏟고 있다는 것, 특히 '언어'의 출현을 중심으로 사유하고 있다는 사실이다. 이 언어의 출현이 “짐승의 자세가 최초의 대답으로 해석되어/ 첫 사람이 태어났어.”라는 진술처럼 인간의 탄생, 즉 '짐승'에서 '인간'이 탄생하는 순간과 연결되어 있음은 주지의 사실이다. 하지만 이러한 탄생에는 역설도 존재한다. 그것은 인간이 문명과 문화의 진보를 거듭하면서, '상형'의 시대에서 '표음'의 시대로 지나오면서 '문자/기호'로는 표현하거나 전달할 수 없는 것들, 이를테면 "표기 불가능한 음높이"나 "일생보다 더 길게 살아남는 감정"(「#이 걸려 있는 눈동자」)이나 "소리 내서 읽을 수 없던 어머니의 뒷모습"(「늦게 썩는 글씨」) 등을 전달하는 능력을 상실했다는 것이 그것이다. "짐승의 자세를 빌려야만 건네줄 수 있는/ 체온이 있었어."라는 시인의 진술도 이러한 문제의식과 무관하지 않다. 어쩌면 시인은 시를 쓰는 일이 이러한 원초적 언어의 흔적으로 타인의 삶과 세상을 해석하는 것이라고 주장하려는 것이 아닐까.

살다 보면 유독 소중히 여기는 증거물이 있네.
이런 부작용에는 음양이 연결되어 있다네.
방전 없는 부사어 "이미"는
이성과 감성을 모두 소진하여 멈출 수 없다네.
느낌을 생각으로
생각을 걸음으로
걸음을 멈춤에까지 연결하여
끝내 추억만 발설하게 했던
;이미.
첫사랑은 장식장 위에 올려져 있네.
과거의 부품이 되어 주파수 복잡한 패배에

별자리처럼 많은 납땜이 찍혀 있어
첫사랑은 안테나 한 번 접지 못하는 형벌이었네.
이미와 아직 사이에는 수리공이 없어
눈 잘 띄는 곳에 진행형을 올려두었네.
증거물을 버리면 진심마저 방전된다는 것 알면서
이력에 쓸 수 없는 약력을 모셔 왔다네.
진심이 이미를 신봉하기에
아직 더듬더듬 잡음을 되뇌며 살아야 하네.
끊어진 회로기판을 들여다보는 자세로
왼손에는 납선을 들고
오른손에는 납땜기를 들고
긴 인연을 점으로 녹여 끊으며 절연을 잇네.
구할 수 없는 부품 자리에 내가 끼워져 있네.

―「라디오를 놓아두는 법」 전문

이 시에서 '라디오'는 '첫', 즉 기원에 대한 객관적 상관물이다. 추측건대 저 '라디오'는 시인이 유년 시절에 납땜 기구를 사용해 최초로 조립한, 시인을 그 최초의 시간으로 데려가는 추억의 존재일 것이다. 요컨대 '라디오'는 우리를 현재적 시간의 바깥으로 데려가는, 혹은 과거의 시간이 현재로 흘러들게 만드는 시간의 비밀통로라고 말할 수 있다. "장식장 위에 올려져 있"는 '첫사랑=라디오'는 "이미와 아직 사이"의 시간 속에 머무르고 있다. 이때의 '시간'은 "내가 여러 색깔을 생각해서 오늘이 과거로 이동했더군."(「생각」)이라는 진술에서처럼 실존적이다. 시인은 이미-항상 '오늘'을 살고 있지만, 이때의 '오늘'은 과거는 물론 미래와도 명확하게 구분되지 않는 시간이다. '추억'이라는 단어가 지시하듯이, 인간의 삶에서 시간은 연속적이다. 삶이란 결국 한순간을 살 때조차 여러 개의 시간을 동시에 껴안고 살아가는 과정일 수밖에 없기 때문이다. 따라서 시인이 "긴 인연을 점으로 녹여 끊으며 절연을 잇네."라고 말할 때, 거기에는 회로가 끊어진 부분을 납땜한다는 물리적 사실만이 아니라 타인과의 관계, 자신의 과거와 단절된 시간을 복원한다는 의미도 포함되어 있다.

차주일 시의 독특한 시간 의식은 이생, 전생, 후생의 관계를 통해서도 재확인된다. 그의 시에는 "이생에서 후생의 거리가 해독되고 있었네"(「감정」)처럼 삶의 과정이나 감정을 시간의 관계로 표현한 진술들이 자주 등장한다. 이것은 비단 이번 시집만이 아니라 두 번째 시집 『어떤 새는 모음으로만 운다』에서도 동일하게 목격된다. 가령 "후생은 지금에서 생겨난다./ 그늘은 나무의 전생으로 난장을 펼쳐놓은 것"(「월경越境」), "제자리 밖에 발 디디면/ 후생을 잃을 것 같아"(「망설이다」), "뿌리박는다는 건 이생에 후생을 축조하는 일인가 보다."(「동대문아파트」), "전생과 후생이 이생에서 만났으니"(「나를 이장하다」) 같은 구절이 대표적이다.

한 마침표에서 여러 문장을 뻗던 꽃의 자결을 선택하여
몇 배 많은 후생을 얻네.

씨앗은 현생이 숨 쉴 수 없는 쉼표들
나가 나가 아니라 누군가의 후생인 것처럼

구어체를 문어체로 옮겨 적었네.
僧推月下門 僧敲月下門 僧推月下門 僧敲月下門

목소리를 모색하던 숨소리가 사라졌네.
오독은 더 많은 방관을 곁가지로 뻗는 推敲.

그저 놔두어도 기필코 개화하는 꽃망울처럼.
부지불식간 나도 모르게 발설한 한마디

내 입으로 도착하길 기다리느라

생애보다 긴 생시를 열어놓았을 뿐이네.

—「안부」 부분

이 시에서 주목할 부분은 '씨앗'과 '나'의 존재론에 관한 사유이다. '씨앗'이 "현생이 숨 쉴 수 없는 쉼표들"이라는 표현의 정확한 의미는 단정 짓기 어렵다. 하지만 그것을 "나가 나가 아니라 누군가의 후생인 것처럼"이라는 진술에 비추어 읽으면 대략적인 맥락은 이해할 수 있다. 특히 이 시를 통해 우리는 차주일의 시에서 이생, 전생, 후생 같은 시간의 관계가 한 개인에게 한정되는 것이 아님을, 또한 그것이 삶과 죽음의 문제에 연결되어 있음을 알 수 있다. "한 마침표에서 여러 문장을 뻗던 꽃의 자결을 선택하여/ 몇 배 많은 후생을 얻네."라는 진술은 복수의 삶들이 "꽃의 자결"을 통해 얻어진다는 것, 즉 하나의 죽음이 다른 것들의 탄생으로 이어진다는 사실을 드러내고 있다. 생명의 세계에서 죽음이 삶(탄생)과 맞물려 있다는 이러한 주장에 따르면 한 생명의 죽음(소멸)은 다른 생명들이 탄생하는 사건이라고 말할 수 있으며, 이 관계 안에서 하나의 생명, 가령 '나'는 단독자로

서의 개인이 아니라 "누군가의 후생"이라는 인식이 성립한다. 시인은 이러한 인식을 "꽃의 자결", 즉 꽃의 죽음을 통해 발견했고, "나는 타자의 사후를 먹고"(「무덤의 을모」)라는 표현처럼 가족 관계에 원용한다. 인간에게 있어서 자신의 목숨을 희생하여 다른 생명을 낳고 기르는 대표적인 사건이 바로 혈연으로 맺어진 가족 관계이기 때문이다. 이것만이 아니다. 시인은 치매를 앓고 있는 엄마의 상태를 "살아서 당신의 사후를 살아보는"(「보리쌀 합장」) 것이라고 말하기도 하고, 그런 엄마의 목소리를 듣고 회한이 밀려오는 경험을 "살아서 제 후생을 사는 사람으로부터 발송된 이 기분"(「불통」)이라고 표현하기도 한다.

다른 한편으로 이러한 시간 의식은 '감정'의 문제와 연결된다. '감정'의 존재론적 의미에 대한 사유는 두 번째 시집 『어떤 새는 모음으로만 운다』에서부터 지속되는 문제이다. 그 시집에 수록된 '감정'이라는 제목을 포함하고 있는 작품이나 "사랑이란 감정 하나만은 멀쩡하더군"(「무표정 큐브」)처럼 '감정'에 대한 진술이 등장하는 작품들을 일별해 보면 '감정'의 존재론적 의미가 차주일 시의 중핵을 이루고 있음을 어렵지 않게 발견하게 된다. 이러한 문제의식은 이번 시집에서도 마찬가지로 드러나고 있지만 그것이 문자/언어의 문제, 시간의 문제와 복잡하게 뒤엉키면서 확장되는 양상을 보인다는 것이 특징적이다. 시간의 흐름에도 불구하고 생명력을 잃지 않는 '첫(사랑)'에 대한 관심이 오랜 시간 동안 물기 없는 상태로 지내다가 일정한 조건이 갖춰지면 생명을 싹틔우는 '씨앗'의 존재론과 연결되는 지점이 대표적이다. 한 가지 분명한 사실은 이러한 시간 의식이 삶과 죽음의 경계에 대한 사유(「밥상의 자세」 등)을 거쳐 전생, 이생, 후생의 문제로 집약된다는 사실이다. 바로 이 지점에서 놓인 작품이 「천상열차분야지도」이다. 여기에서 시간은 "전생에 후생을 옮겨 놓을 때까지"(「천상열차분야지도」)라는 진술처럼 반시계 방향으로 움직인다. 시간만이 아니다. 이 시의 출발점은 천상열차분야지도, 즉 조선 초기에 만들어진 천문도이지만 그것은 '밥뚜껑-밥풀-한 여자'의 계열을 거치면서 점차 세속적 세계, 즉 "모성"으로 응축된다. 이 사유의 흐름과 시간의 존재론을 사유하는 일이야말로 차주일의 이번 시집을 제대로 읽는 방법일 것이다. 반복되는 테마, 그리고 시간의 존재론을 중심으로 시집에 대한 자신만의 '천문도'를 그리는 작업은 이제 독자의 몫이 아닐까.